新经典文化股份有限公司
www.readinglife.com
出　品

奇妙国

［日］安野光雅 著

 海豚出版社
DOLPHIN BOOKS
CICG 中国国际传播集团

4

13

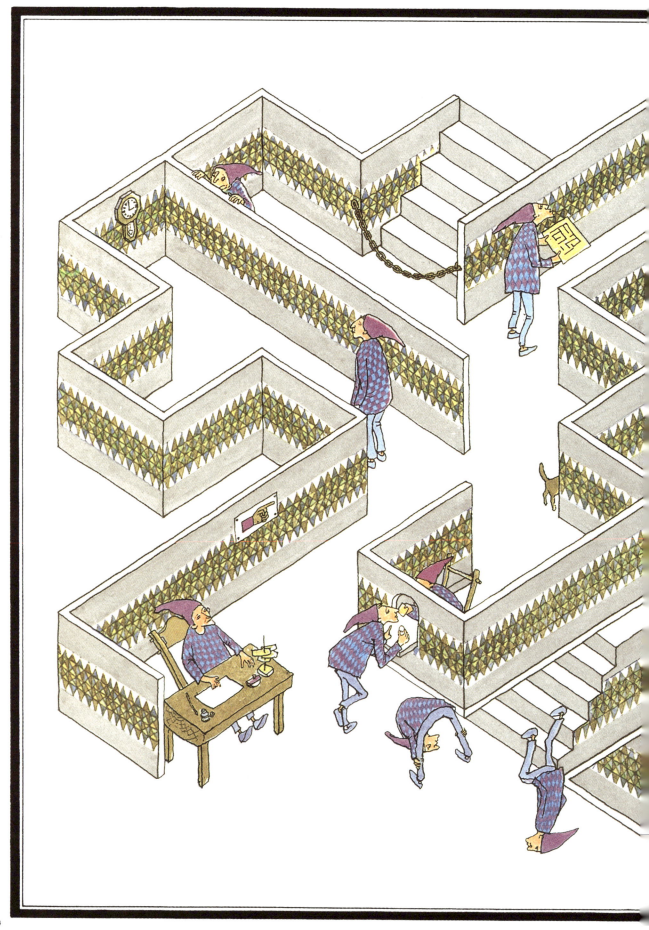

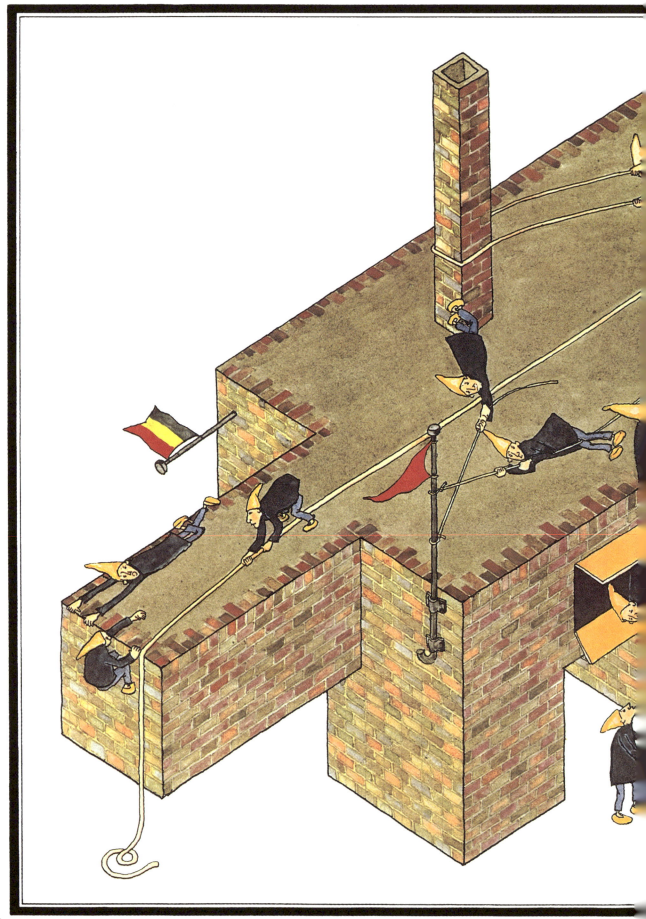

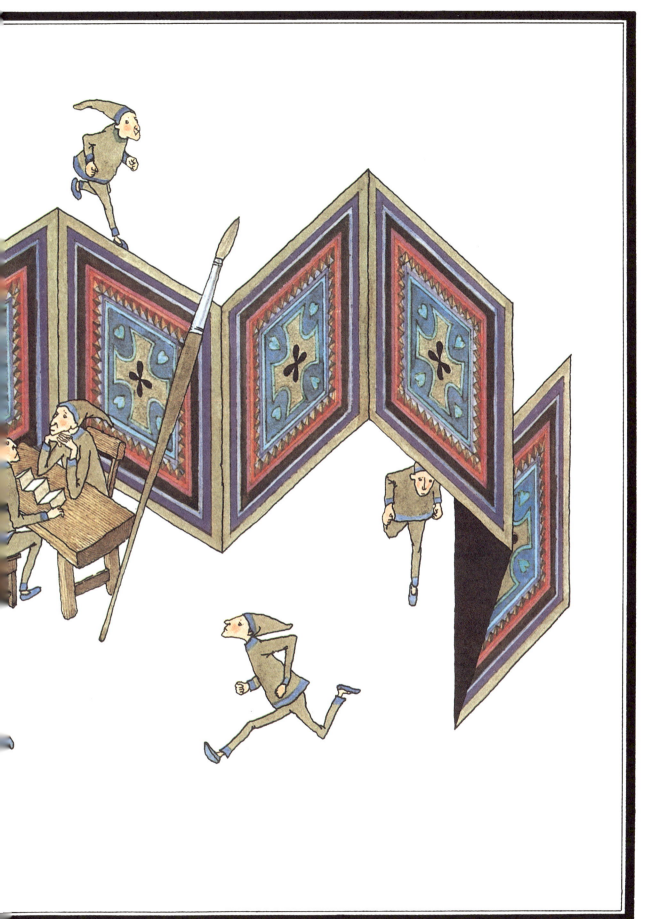

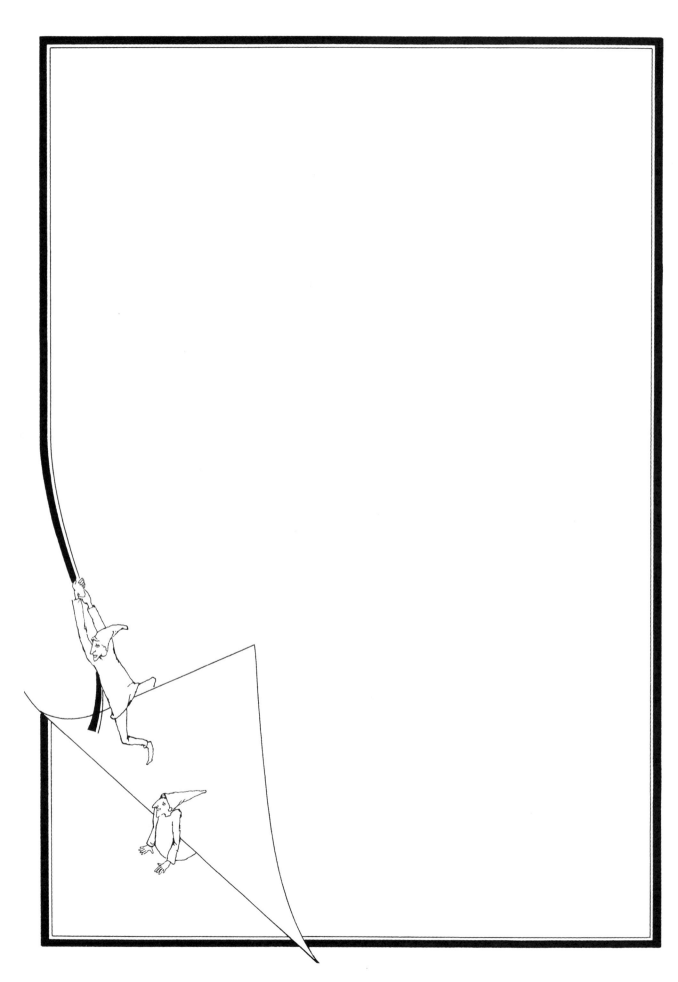

图书在版编目（ＣＩＰ）数据

奇妙国 ／（日）安野光雅著. —— 北京 ：海豚出版社，
2021.4（2023.7重印）
ISBN 978-7-5110-5413-5

Ⅰ．①奇… Ⅱ．①安… Ⅲ．①儿童故事－图画故事－
日本－现代 Ⅳ．①I313.85

中国版本图书馆CIP数据核字(2020)第209076号

著作权登记图字：01-2020-3691

奇妙国
[日] 安野光雅 著

出 版 人　王　磊

责任编辑　许海杰　胡瑞芯
特约编辑　黄　锐　邹好南
美术编辑　徐　蕊
内文制作　王春雪
责任印制　于浩杰　蔡　丽
法律顾问　中咨律师事务所　殷斌律师

出　　　版　海豚出版社
地　　　址　北京市西城区百万庄大街24号　　邮编 100037
电　　　话　010-68996147（总编室）
发　　　行　新经典发行有限公司
　　　　　　电话 (010)68423599　　邮箱 editor@readinglife.com
印　　　刷　北京富诚彩色印刷有限公司
开　　　本　787mm×1092mm　1/16
印　　　张　2.25
字　　　数　16千
印　　　数　10001-13000
版　　　次　2021年4月第1版
印　　　次　2023年7月第2次印刷
书　　　号　ISBN 978-7-5110-5413-5
定　　　价　49.80元
版权所有，侵权必究
如有印装质量问题，请发邮件至 zhiliang@readinglife.com